AL MANDO DEL
RIEL

POR JAKE MADDOX

Escrito por Emma Carlson Berne
Ilustrado por Katie Wood

STONE ARCH BOOKS
a capstone imprint

Publicado por Stone Arch Books, una marca de Capstone
1710 Roe Crest Drive, North Mankato, Minnesota 56003
capstonepub.com

Derechos de autor © 2024 de Capstone. Todos los derechos reservados. Ninguna parte de esta publicación puede ser reproducida ni total ni parcialmente, ni almacenada en un sistema de recuperación, ni transmitida de ninguna forma o por ningún medio, ya sea electrónico, mecánico, fotocopia, grabación o de otro tipo, sin la autorización escrita de la casa editorial.

Los datos de catalogación previos a la publicación se encuentran disponibles en el sitio web de la Biblioteca del Congreso
ISBN: 9781669063230 (tapa dura)
ISBN: 9781669063377 (tapa blanda)
ISBN: 9781669063278 (libro electrónico PDF)

Resumen: Sofía estaba acostumbrada a ser la mejor gimnasta del pequeño gimnasio de su ciudad. Pero después de una fuerte caída durante el entrenamiento, volver a subirse en el riel le resulta más difícil de lo que pensaba. Cuando regresa después de la rehabilitación, a Sofía la consume el miedo y la ansiedad relacionados a la caída, emociones que su entrenadora no parece reconocer. ¿Podrá Sofía superar su miedo y trauma para volver al riel?

Diseñado por: Tracy Davies
Elementos de diseño: Shutterstock

TABLA DE CONTENIDO

CAPÍTULO 1
Amor por la gimnasia 5

CAPÍTULO 2
Golpe en el riel 14

CAPÍTULO 3
Una pesadilla secreta 20

CAPÍTULO 4
De vuelta en el riel 28

CAPÍTULO 5
"¡No lo pienses tanto!" 35

CAPÍTULO 6
Llegó la hora 41

CAPÍTULO 7
Desastre en el riel 46

CAPÍTULO 8
Coach puede ayudar 50

CAPÍTULO 9
Trabajo duro. Recuperación difícil 55

CAPÍTULO 10
De vuelta al riel 61

CAPÍTULO 1

Amor por la gimnasia

El centro de gimnasia de Riverside siempre olía a hule, sudor y a la azúcar quemada de la fábrica de donas de al lado. Pero para Sofía Martínez, de doce años, era el mejor olor del mundo.

No importaba si había salido tarde del gimnasio la noche anterior, su corazón siempre saltaba al entrar al vasto espacio lleno de rieles, barras, cuerdas y colchonetas. Riverside era un gimnasio, pero ella pensaba con frecuencia que, en realidad, era su hogar.

"¡Espera, Sofía!", decía Rana, la mejor amiga de Sofía, mientras se bajaba del auto de su mamá y corría tras ella. "¿Crees que Coach nos mandará a hacer flexiones hoy?".

Sofía sostenía la puerta pesada para que su amiga entrara. Hoy combinó su malla con un hiyab morado. Rana empezó a usar hiyab el mes pasado cuando cumplió doce años, y ahora tenía toda una colección de diferentes colores.

"Uy, ojalá que no", respondió Sofía. "Mi tía preparó tamales anoche, me comí como diez".

Sofía estaba viviendo con su tía este año mientras sus padres estaban en Yemen con Médicos sin Fronteras. El hogar se sentía extraño sin la presencia de papá y mamá, pero regresarían para Navidad—apenas faltaban seis meses. Mientras tanto, la tía Elizabeth había sido súper buena, además de ser excelente cocinera.

"¡Chicas! ¡Comencemos con el calentamiento, después de eso quiero verte en el riel, Sofía!", gritó coach Jackson cuando Sofía y Rana entraron al gimnasio. El resto del equipo de Riverside ya estaba haciendo sus estiramientos y sprints.

Sofía y Rana soltaron sus bolsos y se apresuraron a estirar en las colchonetas. Las ocho gimnastas de Riverside hacían sus cabriolas, apuntando los dedos del pie con cada paso alrededor de la colchoneta. Luego, hicieron planchas, abdominales, sentadillas y planchas laterales, diseñadas para reforzar el tronco.

Cuando terminó el calentamiento, Sofía se dirigió al riel de equilibrio. Era su disciplina más fuerte. Le gustaba el salto de potro y las barras asimétricas, y le divertía el suelo, pero en el riel se sentía más cómoda.

Coach Jackson se le acercó. "Recuerda,

la próxima competencia es en Forest Hills", le dijo. "Son muy buenas en el riel. El año pasado quedamos en primer lugar en las barras asimétricas y en el riel. Quiero que nos presentemos tan fuertes como el año pasado".

Sofía asintió. Ella ganaría. Siempre lo hacía. Una de las paredes de su habitación se veía completamente azul por todas las cintas satinadas de primer lugar que había llevado a casa.

Un par de chicas se acercaron a ver mientras la entrenadora puso la canción de la competencia de Sofía: la obertura de *Guillermo Tell*. A ella le encantaba.

"¡Observen con atención chicas!", anunció la entrenadora. "Quiero que vean como Sofía se enfoca en la posición de partida. Muchas veces tendemos a enfocarnos en la voltereta en sí. Pero la posición de partida es tan importante como la voltereta, ya que no hay tiempo de hacer correcciones en el aire".

Sofía respiró hondo y se abalanzó al riel. El cuero suave y ligeramente acolchado era familiar bajo sus manos. Podía sentir la tensión en los músculos de su tronco y el equilibrio de sus brazos y piernas. El mundo se veía bien desde aquí arriba. El riel era su lugar.

Saltó y se puso de pie, sintiendo como sus pies se agarraban perfectamente al riel. Con los talones en el medio y los dedos apuntando hacia los lados, era como una lagartija escalando una pared. Sus pies eran como parches adhesivos, nunca se despegarían del riel.

Cuando sonaron las trompetas de su música de competencia, Sofía subió sus brazos en posición de inicio. Se aseguró de elevar la barbilla, sacar el pecho, enderezar la parte inferior de la espalda y equilibrar perfectamente las piernas.

Mientras continuaba la música, Sofía saltó hacia adelante. Luego se inclinó hacia adelante y bajó las manos para agarrar el riel.

Respiró hondo y balanceó la pelvis y las piernas hacia atrás para un sutil remontado. Luego hizo otro, y otro; su cuerpo pasaba por encima de su cabeza hasta que regresaba al punto de inicio.

"¡Genial!", dijo Coach Jackson.

La música aceleró el paso. Era la parte favorita de Sofía: el layout step-out. Era como una voltereta sin manos—una maniobra difícil y dramática.

Sofía entró en posición, brazos arriba, mirada al frente. Respiró hondo y se tensó,

sentía la fuerza de sus músculos. Con un solo movimiento, se lanzó desde el riel al aire.

Las piernas de Sofía volaron por encima de su cabeza y el impulso la regresó al riel, haciendo que sus pies lo golpearan unos segundos después.

Un layout step-out más, pensó Sofía.

Se preparó para saltar del riel, pero un fuerte *¡bum!* resonó en el gimnasio, sorprendiendo a Sofía. Su pie se deslizó ligeramente de su posición habitual, empujándose una pulgada a la derecha. Su cuerpo se tambaleó para recuperar el control.

¡Sigue!, pensó, presa del pánico: *¡solo sigue!*

Sofía se lanzó a la voltereta. Inmediatamente se dio cuenta de que había sido un error. Si empiezas mal, no puedes corregir en el aire.

Pero la voltereta ya estaba en curso. Estaba

en el aire, de cabeza. El impulso la llevaba hacia arriba, pero todo estaba en el lugar equivocado.

No podía ubicar en el espacio ni su cuerpo ni el riel.

En cambio, sintió la caída.

CAPÍTULO 2

Golpe en el riel

El cuerpo de Sofía se estrelló de cabeza contra el riel. Su columna traqueteó y su cabeza explotó de dolor. Se resbaló, tratando de alcanzar el riel, pero no lo logró. Un segundo después cayó en la colchoneta.

A pesar del zumbido en sus oídos, Sofía escuchó las bocanadas de sus compañeras y el grito de Rana, "¡Sofía!".

Momentos después, Coach Jackson se inclinó a su lado, tocándole la cara. "No te muevas", le dijo.

Sofía no podía moverse, aunque hubiera querido. Coach Jackson deslizó sus manos sobre los brazos y las piernas de Sofía. "OK, mueve la cabeza hacia un lado y hacia el otro", dijo. "Ahora, mueve los brazos y las piernas". Sofía gimió por el dolor en la cabeza y en la espalda. Trató de respirar profundo mientras Rana y la entrenadora la ayudaron a sentarse, pero de repente sintió muchas náuseas. Se inclinó y vomitó en la colchoneta.

"Lo siento", susurró Sofía, y sus ojos se llenaron de lágrimas. "Fue mi culpa. Mi pie no estaba en el sitio correcto". "Sí, eso noté", dijo la entrenadora. "Sabes que no puedes ejecutar un movimiento de ese tipo si no empiezas correctamente. Llevo años enseñándote eso. Acercándose le dijo, "Nena, tus pupilas están de distinto tamaño. Puede que tengas una conmoción".

Sofía cerró los ojos por el intenso dolor de cabeza. "¿Qué fue ese ruido?", logró preguntar. "Ese estruendo".

"Fue solo la puerta", dijo Rana con una voz amable. "El viento la trancó con fuerza".

Sofía gruñó. "Me desconcentró", dijo.

Deseaba esconderse. La entrenadora siempre había dejado claro que los gimnastas tienen que ser responsables y no proceder a un movimiento sin estar en la posición de partida perfecta. Sofía había evitado cometer un error así desde que tenía seis años. Y ahora lo había hecho.

***

La doctora Berman sacó el otoscopio del oído de Sofía. "No hay fractura de cráneo", dijo. Le movió suavemente la cabeza a Sofía hacia un lado y hacia el otro. "¿Dices que vomitaste? ¿Puedes contar de cuatro en cuatro desde el veinte hacia atrás?".

"Veinte, dieciséis, doce, ocho, cuatro, cero...", contó Sofía lentamente. Quería parar de temblar, pero no podía. Le dolía mucho la cabeza. Miró a su tía, sentada muy erguida y tensa en otra silla. Su tía se había ido rápidamente al gimnasio tan pronto como la llamó coach Jackson. Insistió en ir directamente al consultorio de la Dra. Berman.

La doctora comenzó a teclear en su computadora. "Bueno, Sofía, al ver tus pupilas de diferentes tamaños, el golpe directo y los vómitos, yo diría que tienes una conmoción", dijo.

Sofía comenzó a llorar. Nunca había sufrido una conmoción. Cierto que había tenido muchas otras lesiones, moretones, esguinces en los dedos, dolor en las espinillas. Eso era parte de ser gimnasta. Pero nunca había sufrido una lesión en la cabeza.

"¿Cuándo puedo regresar al gimnasio?", preguntó. "No puedo tomarme mucho tiempo. Tengo que prepararme para las competencias. Mi entrenadora cuenta conmigo".

"Necesitas descansar por unas semanas", dijo la Dra. Berman. "No te acerques al gimnasio. Tendremos una cita de seguimiento, y una vez que te dé el alta podrás comenzar de nuevo. Pero mientras tanto debes descansar. ¿Entendido?". La doctora se detuvo con una mano en la perilla de la puerta del cuarto de examen. Sofía asintió, mirando hacia abajo. Ella no quería descansar. Quería viajar atrás en el tiempo, antes de que el día de hoy ocurriera.

CAPÍTULO 3

Una pesadilla secreta

"¡Te traje ositos de caramelo!", se oyó la voz de Rana entrando al apartamento.

Sofía saltó de la cama y comenzó a estirar en el piso.

Momentos después, Rana apareció en la puerta. La tía de Sofía estaba parada detrás de ella. Llevaba puesto su uniforme y una sonrisa. "Me tengo que ir—me llamaron del hospital", dijo. "¡No te pases con los ejercicios!".

"No lo haré", prometió Sofía.

Sofía separó las piernas para hacer un split en el piso. Era increíble lo rígida que estaba después de solo dos semanas sin ir al gimnasio. Se enfocó en relajar los tendones de la corva y en aflojar los músculos de las piernas.

"Tus splits ya son mejores que los míos, y eso que yo no traté de partir el riel con mi cabeza", dijo Rana. Se desplomó en la cama de Sofía y le lanzó la bolsa de ositos de caramelo.

Sofía se concentró en los dulces. "Mmm, gracias", dijo. Abrió la bolsa y de un mordisco le arrancó la cabeza a un osito rojo. "Eres la mejor al venir a verme todos los días".

La conmoción y el descanso forzado no se sentía como unas vacaciones. El dolor de cabeza de Sofía había mejorado, pero cada vez que pensaba en regresar al gimnasio, sentía un vacío en el estómago.

Era extraño. Nunca se había sentido así después de sus otras caídas. Después de que se lesionaba, lo único que pensaba era en regresar a los aparatos de gimnasia. Asistía todos los días a estirar con el equipo. Pero ahora sentía que quería esconderse.

"Imagino que no aguantas las ganas de regresar al gimnasio y ver a todas", dijo Rana.

Sofía apoyó la cara en la rodilla para no tener que ver a su amiga. De pronto, le vino a la mente la imagen del riel volando hacia su cabeza, y luego el impacto. Fue como si todo volviera a suceder.

Sofía inhaló fuerte. *¿Qué me pasa?*, pensó. Esto estaba pasando cada vez que alguien mencionaba el accidente o el regreso al gimnasio. Era como revivir el accidente.

"Entonces, ¿cuándo regresas?", preguntó Rana. "No me gusta estar allí sin ti".

Sofía carraspeó. "La doctora Berman me dio de alta esta mañana", dijo finalmente.

"¡Fantástico!", dijo Rana dando un salto hacia la cama. "¿Ya le contaste a Coach?", Sofía fingió interés en la alfombra. "Sí", dijo, "es decir, no. No le he dicho".

El cuarto quedó en silencio. Sofía miró a Rana. Su amiga la miraba de manera extraña. "¿Qué te pasa?", preguntó Rana. "Estás muy rara".

Sofía apoyó de nuevo la cara en la rodilla. Tenía que evitar la mirada de Rana.

"Estoy bien", dijo. "Ya no hagas tantas preguntas".

Sus últimas palabras fueron más bien gritos. A Rana se le puso colorada la cara, como ocurría cuando trataba de aguantar las lágrimas.

A Sofía le inundó la vergüenza. No solo porque estaba defraudando a su equipo, sino porque ahora le estaba gritando a su mejor amiga. "OK, caray", murmuró Rana. Se bajó de la cama y se dirigió a la puerta. "Olvida la pregunta. Mi mamá recogerá mi malla nueva hoy. Mejor me voy a casa a probármela".

"¡Mándame una foto!", le dijo Sofía a su amiga.

Una vez sola, Sofía se acurrucó en su cama. Se subió el cobertor sobre los hombros. No quería que nadie supiera—especialmente Rana—la cantidad de tiempo que había pasado en esta posición durante las últimas dos semanas.

Finalmente, Sofía se quedó dormida. Casi de inmediato, la pesadilla comenzó de nuevo. Estaba de regreso en el gimnasio, sobre el riel. Podía sentir cada detalle—el cuero antiresbalante, la dureza del riel, el latido del corazón, tan fuerte que parecía inundar todo el gimnasio. "¡Anda!", gritó Coach Jackson, pero su voz estaba distorsionada.

Sofía sentía como si fuera una marioneta que giraba sobre el riel. Podía presentir lo que se avecinaba, pero no podía detener su cuerpo.

"*¡Para, para!*", se gritaba a ella misma en el sueño. Pero no podía. Era como si Coach Jackson la controlara de alguna manera.

Luego pasó—*¡el bum!*

El pie de Sofía se resbaló, mientras giraba una última vez. Sabía lo que venía—siempre lo sabía. Su cabeza se estrellaría contra el riel.

Sofía se despertó asustada, apretando la almohada con fuerza, cubierta de sudor. Se destapó para tomar aire y trató de respirar más despacio. No le había dicho a nadie —ni a Rana, ni a su entrenadora ni a su tía— sobre la pesadilla que la acosaba todas las noches desde el accidente. Y no importaba lo que hacía, Sofía no podía sacarse la caída de la cabeza.

CAPÍTULO 4

De vuelta en el riel

"Sofía, qué bueno que regresaste", le dijo Coach Jackson pocos días después. Levantó la mirada de su libreta mientras las demás gimnastas se acercaban a rodearla. Sofía estaba parada junto a Rana, quien llevaba puesta su malla nueva, holgada y de manga y pierna larga, con un hiyab a juego.

"Te ves muy bonita", le susurró Sofía. Rana puso los ojos en blanco Sofía percibía que no le gustaba usarlo. Pero sus padres no la dejaban competir con una malla típica.

"¿Ya estás recuperada?", preguntó la

entrenadora. Echó un vistazo a la nota de la doctora de Sofía.

"¡Sip!", dijo Sofía, fingiendo una vivacidad que no sentía. "La doctora Berman me dio de alta".

Físicamente al menos, pensó Sofía para sí misma. No estaba tan segura de que mentalmente lo estuviera. Las pesadillas habían sido peores anoche. Esta mañana mientras desayunaba, su tía le preguntó por qué estaba tan pálida.

No puedo evitar ir al gimnasio para siempre, pensó Sofía. *Una vez que regrese al riel, estaré bien. Tengo que ser fuerte.*

"Bien. Tenemos la competencia contra Forest Hills el sábado", le recordó la entrenadora. "Te necesito en plena forma".

Sofía sintió que el estómago le llegó al piso. Había olvidado la competencia en Forest

Hills—probablemente porque no tenía mucha importancia. Al menos, no la tenía antes.

Ella asintió y trató de evitar mirar el riel en la esquina del gimnasio. Era como un monstruo que esperaba devorarla. Las náuseas le subieron a la barriga. Imaginó su cabeza golpeando la madera. *Estoy bien. Estoy bien. Estoy bien,* se repetía Sofía, tratando de convencerse.

"Una vez que calienten, súbanse a las barras asimétricas para repasar las rutinas, ¿de acuerdo?", dijo la entrenadora. Sin esperar una respuesta, se dirigió a un grupo de niñas más pequeñas haciendo paradas de mano.

Sofía tomó un lugar en la colchoneta y se puso a trabajar. Al estirar, trataba de ignorar la rigidez de los hombros y los tendones de la corva.

Solo son algunos ejercicios para relajarme, pensó. Terminó el calentamiento y se dirigió a las barras asimétricas.

Coach Jackson alzó la vista. "¡Adelante!", gritó.

Sofía asintió y respiró profundo. Las barras se veían tan altas. Nunca se habían visto así.

Deja las rarezas, se reprendió a sí misma. Metió las manos en la tiza junto a las barras. Luego tomó posición frente a la barra baja y brincó para alcanzarla.

Pero desde el momento en que las manos de Sofía tocaron la barra, sentía que algo no andaba bien. Se tambaleaba al subirse y sus brazos temblaban por el esfuerzo.

¿Y si me caigo?, pensó Sofía en un pánico repentino.

Era algo que no había pensado antes—ni una vez en sus seis años de entrenamiento. Soltó la barra y se dejó caer en la colchoneta.

"¿Qué ocurre Sofía?", le dijo la entrenadora.

"¿Tu cabeza está bien? No estás mareada, ¿verdad?".

"¡Estoy bien!", respondió Sofía.

Esperaba que no se notara la ansiedad en su voz. Recordó lo que Coach Jackson le había dicho a otra de las gimnastas que tenía miedo de intentar entrar al botador con una paloma para saltar al potro: "No hay espacio para el miedo. Tú tienes la habilidad. Ahora debes dejar que tu cuerpo se encargue del resto. Si tienes miedo, no estás hecha para la gimnasia".

Sofía tragó la bilis amarga que le subía por la garganta con ese recuerdo.

"Bien, pues anda al riel, ¿de acuerdo?", dijo la entrenadora. "Rana ya terminó".

Sofía asintió con la cabeza, sin confiar en su voz. Parada sola en la colchoneta azul, se volteó hacia el riel. Siempre había sido su amigo, pero ahora le temblaban las manos de solo verlo.

No puedo hacerlo. No puedo. No puedo, pensó Sofía en un pánico repentino.

Por un instante era como si su cuerpo *no pudiera* moverse. Pero de repente se estaba subiendo al riel. Estaba arriba, equilibrándose.

"Repasemos la rutina de antes de la caída" dijo la entrenadora. "Este será tu primer evento en la competencia de Forest Hill. ¿Lista?".

Sofía sentía tanta presión en el pecho que su corazón parecía tratar de salirse de las bandas que rodeaban sus costillas. Respiraba entrecortadamente mientras miraba el riel de cuatro pulgadas de ancho que tenía frente a sus pies.

No podía hacerlo. Pero no podía sacar de su cabeza las palabras de Coach Jackson: "Si tienes miedo, no estás hecha para la gimnasia".

CAPÍTULO 5

"¡NO LO PIENSES TANTO!"

"¡Vamos, Sofía!".

La voz de Rana atravesó la mente nublada de Sofía. Miraba a su amiga y el hiyab morado que rodeaba su cara. Se aferró al ánimo en los ojos de Rana y forzó su cuerpo a moverse en retroceso para su primera voltereta hacia atrás.

Pero en un instante supo que se iba a caer. No había nada que pudiera hacer.

Sofía sintió que su pie se salía del riel. Momentos después, cayó y su pelvis se estrelló contra el riel.

Se encontró a horcajadas sobre el riel. Le dolían las caderas y le sangraba una uña que se había desprendido al tratar de sujetarse.

Sofía se inclinó, tratando de recuperar el aliento. Luego, la cara de Coach Jackson apareció frente a ella con el ceño fruncido.

"¡Arriba!", le dijo, extendiéndole la mano.

Sofía la tomó temblorosa, y se puso de pie. *No hay espacio para el miedo,* se dijo a sí misma. *Si tienes miedo, no estás hecha para la gimnasia.*

"Bien, ¡de vuelta al riel!", dijo la entrenadora, retirando la mano antes de que Sofía estuviera lista para soltarla. "¡Vamos, no lo pienses tanto!".

Era algo que Coach Jackson decía cuando las chicas analizaban algún movimiento difícil hasta el punto de intimidarse solitas. Quería decir que no hay que pensarlo mucho sino dejar que la memoria muscular se encargue.

Sofía era experta en aislar el mundo exterior y calmar su mente. El problema era que ahora parecía que el grifo se había roto. No podía encontrar la "llave" para apagar su mente. No podía parar de pensar.

"¡Estás bien, Sofía!", le dijo Rana. Otras gimnastas se le unieron.

Sofía se avergonzó. Ahora tenía público. No había opción. Se apoyó en el riel, tenía todos los músculos tensos.

No puedo, no puedo, no puedo, me voy a caer, no puedo, le decía su mente. El riel se veía más angosto. El piso parecía estar más lejos, como si estuviera a cincuenta pies de distancia en vez de cuatro.

"V-voy a vomitar", dijo Sofía con la voz entrecortada. "Creo que algo que comí me cayó mal". Se bajó torpemente del riel a la colchoneta.

Mientras corría al vestidor, vio las caras de

sorpresa de sus compañeras. Y peor aún, vio por un segundo a coach Jackson con los labios apretados, sacudiendo la cabeza.

* * *

Esa noche, la pesadilla volvió. "¡Vamos!", gritaba la entrenadora.

Como siempre, el cuerpo de Sofía giró fuera del riel. El miedo la invadió. Se aferraba al aire mientras dio una vuelta, terminando de cabeza en el riel.

Sofía se despertó jadeando, sus mejillas llenas de lágrimas. Se recostó en la cama. Su corazón latía con fuerza mientras miraba el techo.

¿Qué me está pasando?, pensó desesperada.

Ella se había fracturado algunos dedos en una rutina de suelo. Se había torcido el tobillo al menos tres veces en el salto de potro y en el aterrizaje de las barras asimétricas. Esas lesiones apenas habían cruzado por su mente, excepto cuando se fastidiaba por el tiempo que la mantenían alejadas del entrenamiento.

Pero ahora no podía dejar de revivir el terrible momento en que todo se salió de control. Solo podía pensar en la caída, esperando que sucediera lo peor.

Sofía se quitó la cobija, de repente cubierta en sudor. La competencia de Forest Hills era pasado mañana. Había algo no dejaba de rondar su mente: *¿cómo voy a ganar si ni siquiera me puedo montar en el riel?*

CAPÍTULO 6

Llegó la hora

Sofía no podía parar de temblar. Era el día de la competencia de Forest Hills, y estaba parada junto a Rana y el resto de su equipo.

"¿Qué tienes?", preguntó Rana, mientras le tocaba la mano a Sofía. "Tienes las manos húmedas. ¿Todavía te sientes mal?".

Sofía sacudió la cabeza. Era todo lo que podía hacer. Parecía que se le había cerrado la garganta. Abrió la boca para decir algo, para contarle a Rana lo aterrada que estaba, pero antes de hacerlo, el altavoz se encendió.

"Todas las competidoras procedan a las estaciones de calentamiento", dijo el anunciante. "Y los entrenadores a la mesa de los jueces".

Las gimnastas de Riverside trotaron hacia las colchonetas. A Sofía le temblaban tanto las manos que estaba segura de que alguien lo notaría. Pero las demás no prestaban atención, y a Rana la habían llamado a la mesa de los jueces. Tenía que explicar sobre su malla y su hiyab, tal y como tenía que hacerlo para casi todas las competencias.

"Rana comienza en las barras asimétricas", dijo la entrenadora acercándose al grupo. "Vamos a apoyarla, Riverside".

"Coach…", dijo Sofía, pero coach Jackson tenía esa mirada concentrada que solía tener durante las competencias.

"Sofía, eres la próxima en el riel, ¿entendido?", dijo la entrenadora. Luego se dirigió hacia las barras, donde estaba Rana poniéndose tiza en las manos.

Todos estaban en las gradas. Rana respiró

profundo. Brincó hacia la barra baja y giró con soltura hasta su primera parada de manos. Su cuerpo estaba recto como una flecha haciendo equilibrio sobre la barra.

Se balanceó hacia abajo y luego hacia arriba, rotando el agarre. Usó su impulso para volar hacia la barra alta y se oía el golpe de la madera contra sus palmas.

Rana dio la vuelta a la barra una vez, volvió a la barra baja con una rotación y de vuelta a la barra alta. Hizo una parada de manos perfecta en la barra alta, seguida de otra rotación, volteando el agarre.

Luego voló a la barra baja y se puso de pie en ella por un breve segundo antes de lanzarse hacia la barra alta en un salto a horcajadas. Giró alrededor de la barra alta y voló hacia la baja, suspendida en el aire por un momento.

Era el momento del aterrizaje. Rana giró una

vez más alrededor de la barra, se soltó y voló por los aires dando una voltereta y media. Sofía contuvo el aliento, y los pies de Rana llegaron a la colchoneta. Dio solo un pequeño brinco hacia atrás al aterrizar —lo hizo genial.

Rana alzó sus brazos y las gimnastas de Riverside vitoreaban. Luego trotó hacia la colchoneta. Sofía saltó de las gradas y abrazó a su amiga.

El sudor corría por la cara de Rana. "¿Qué tal?", le preguntó, radiante.

"¿Tú qué crees?", dijo Sofía.

"Perfecto", sonrió. Por unos felices minutos, había olvidado todo mientras veía a su amiga competir.

La voz de la entrenadora la trajo de vuelta a la realidad: "¡Sofía, al riel!".

CAPÍTULO 7

Desastre en el riel

El miedo y el temor que Sofía arrastraba por días la abatieron de pronto. Tenía que hacer la rutina en el riel. Pero no podía. Sabía que no podía.

De algún modo se encontró en la colchoneta. El riel se alzaba imponente frente a ella. Se le entrecortó la respiración. No podía sentir las manos.

"Atleta, comience", dijo el juez principal por el micrófono. Un pitido mecánico sonó en el gimnasio, señalando el inicio de la evaluación.

Sofía sintió que estaba atrapada en su pesadilla. Se iba a caer. Lo presentía. Miró fijamente el riel, y lo único que veía era su cabeza estrellándose contra él.

¡Muévete! Gritó Sofía dentro de sí. *No puedes defraudar a tu equipo. No puedes defraudar a Coach Jackson. ¡Muévete! Todos cuentan contigo.*

"¡Adelante, Sofía!", gritó alguien a sus espaldas.

Comenzó la música y Sofía se obligó a caminar hacia adelante.

Súbete al riel, se ordenó a sí misma. *Súbete.*

Se suponía que corría y brincaba para subirse al riel. Pero sus piernas de madera no podían hacerlo. No había manera.

Sofía caminó como un robot. En pánico, trató de subirse a gatas al riel. Era un movimiento que no había hecho desde que era una novata de cinco años.

Su respiración entrecortada parecía hacer eco en todo el gimnasio. Tropezó con el riel, una pierna arriba y la otra en el suelo. Gruñó y cayó en la colchoneta de golpe.

"¿Sofía?", dijo alguien en voz baja a su lado.

Sofía levantó la mirada. Coach Jackson estaba allí parada. Deslizó con fuerza su mano bajo el brazo de Sofía y la ayudó a levantarse.

"¿Qué pasa?", preguntó. "¿Te sientes mal?".

Sofía vio la cara de preocupación de su entrenadora. Abrió la boca, luego la cerró.

Por fin salieron las palabras que necesitaba decir desde que se lesionó.

"Necesito ayuda", dijo con dificultad.

Coach Jackson abrazó a Sofía por los hombros, cubriéndola de las miradas de asombro. "Y la vas a tener", le dijo. "Me aseguraré de que así sea".

CAPÍTULO 8

COACH PUEDE AYUDAR

Afuera en el pasillo, coach Jackson le indicó a Sofía que tomara asiento en la dura silla de plástico. Sofía obedeció, casi desplomándose en ella.

"Entonces", le dijo la entrenadora, "es evidente que algo ocurre. También en los entrenamientos, pero dijiste que solo te sentías mal. ¿Era eso cierto, o te pasa algo más?".

Sofía apretó las manos entre las rodillas. Le ardían los ojos por el calor de las lágrimas.

No había manera de salir de nuevo. No había manera de enfrentar a sus compañeras otra vez. Había defraudado a todas y a ella misma. Era la vergüenza de todo el equipo.

Coach Jackson acercó una silla de manera que las rodillas de ambas casi podían tocarse. Se inclinó hacia ella. "Sofía, háblame".

Los ojos de Sofía apuntaban de la coach a la puerta. Si actuaba rápido, tal vez podría irse corriendo. Entonces se abrió la puerta. Rana entró sujetando una barra de chocolate.

"Compré esto en la máquina dispensadora", dijo al dárselo a Sofía.

"Sé que no debemos comer, Coach, pero pensé que esto era un caso especial".

La ruta de escape estaba bloqueada.

"¿Me puedo quedar?", preguntó Rana.

La entrenadora miró a Sofía, y ella asintió. Rana se paró junto a ella, y Sofía le sujetó la mano.

"Sé que esta no es mi primera lesión", comenzó a decir. "Todas no hemos lesionado en algún momento. Pero esta vez...no sé, se siente diferente. No sé por qué. Desde que me caí he estado teniendo pesadillas. Siento que el riel es una especie de monstruo. Sigo viendo el accidente una y otra vez. Y cuando me acerco al riel, me siento tensa y asustada. Todo en mi cuerpo se siente *extraño*".

"¿Por qué no dijiste nada?", preguntó coach Jackson. Su voz estaba llena de aflicción.

Sofía dudó. "Tenía miedo", dijo mirando sus rodillas. "No quería ser débil. No quería defraudarte. Siempre dices que no hay espacio para el miedo. Y que si tenemos miedo, no estamos hechas para la gimnasia".

La entrenadora guardó silencio por un momento. "Sí, digo eso", dijo. "Es algo que me decía mi entrenador. Pensé que las animaba a superar sus miedos. Pero está claro que no es así". Ella apretó la mano de Sofía. "Escucha, déjame pensar un poco. Vamos a resolver esto, y lo haremos juntas".

CAPÍTULO 9

TRABAJO DURO. RECUPERACIÓN DIFÍCIL

Días más tarde, Sofía se removía inquieta en un banco del gimnasio de Riverside. Rana estaba allí, sentada a su lado. No había visto a nadie desde el día de la competencia.

Segundos después, coach Jackson entró al gimnasio con una mujer que Sofía no conocía. Tenía un corte de cabello sencillo y un rostro arrugado que parecía haber pasado mucho tiempo al aire libre.

"Chicas, les presento a la doctora Wigton",

dijo la entrenadora, señalando a la mujer a su lado. "Ella es consejera deportiva, y le he pedido que venga a hablarles del trauma, específicamente sobre la manera en que nos afecta durante nuestras carreras deportivas".

La cara de Sofía se encendió. La doctora Wigton estaba aquí por *ella*. Quería que le tragara la tierra. Pero nadie parecía notar la conexión. Todas miraban fijamente a la doctora Wigton, como si realmente les interesara.

"Como todas saben, en la gimnasia ocurren accidentes y lesiones", dijo la doctora Wigton. "A veces nos enfocamos únicamente en la recuperación física. Pero chicas, ¿sabían que es posible que el cerebro también necesite recuperarse?". Sofía no dijo nada.

"Una lesión deportiva puede ser tan traumática como un accidente de auto", continuó la doctora. "A veces los atletas experimentan

ligeros síntomas de trastorno de estrés postraumático —TEPT. Puede presentarse en forma de pesadillas sobre la lesión, náuseas al regresar al gimnasio o hasta ataques de pánico".

Rana apretó la mano de Sofía. Sofía sentía su corazón latir con fuerza. Miró con cuidado a las otras chicas. Nadie la veía como si fuera una cosa rara. De hecho, nadie la miraba. Todas escuchaban a la doctora Wigton como si estuviera dándoles respuestas a ellas también.

"Estas sensaciones son normales", dijo la doctora. "Pero muchas veces, los atletas se preocupan pensando que hay algo que anda mal consigo mismos. Pero no es así. Hay cosas que se pueden hacer para superar el trauma".

Sofía fijó su mirada en el rostro de la doctora Wigton. Por primera vez desde su accidente, se sintió esperanzada en vez de aterrada.

* * *

"Bien, me dice tu entrenadora que has tenido dificultad para recuperarte de la aparatosa caída del riel", le dijo la doctora Wigton una hora después. Ella, Sofía y coach Jackson estaban reunidas en la oficina de la entrenadora.

Sofía asintió, apretando sus manos entre las rodillas. "Mucho de lo que dijo allá afuera me ocurrió a mí", admitió.

La doctora Wigton asintió. "Eso me dijo coach Jackson". Si quieres, te puedo dar un plan de tratamiento para ayudarte a superar tu lesión".

Sofía asintió. Era lo que más quería.

"De acuerdo", dijo la doctora. "Empezaremos de a poco. Cuando el gimnasio esté en calma, y cuando te sientas relajada, tú y coach Jackson se acercarán al riel. Primero solo lo tocarás, lo acariciarás. Luego te sentarás en él. Eso es todo. La próxima vez, puedes caminarlo de lado a lado. Después, cuando estés lista, harás un remonte atrás. Al día siguiente lo harás dos veces, y luego—"

"Tres veces", agregó Sofía. "No suena muy aterrador".

"¡Correcto!", dijo la doctora Wigton. "El truco es continuar con el próximo paso de la rutina una vez que estés cómoda con el anterior".

Sofía asintió de nuevo. Le parecía que tenía sentido.

"El último paso será revivir el trauma", continuó la doctora Wigton. "En tu caso, lo que te tomó por sorpresa fue el estruendo. Repetir el evento que causó la lesión puede ayudarte a quitar el poder que tiene sobre ti".

"Bien", dijo Sofía. "Vamos a probar".

CAPÍTULO 10

DE VUELTA AL RIEL

"Remonte hacia atrás", dijo la entrenadora dos días después. Miró al papel en su mano. "En tu rutina lo haces tres veces, pero ¿quieres empezar con solo uno a la vez?".

Sofía asintió y saltó hacia atrás con cuidado para el remonte. Era el tercer día del plan de la doctora Wigton. Por primera vez en semanas, no sentía miedo.

"Pienso que puedo hacerlo dos veces más", dijo al terminar. Saber que no tenía el deber de hacerlo lo hacía más fácil.

Antes de que la entrenadora tuviera la oportunidad de protestar, Sofía colocó sus manos en el riel y elevó las piernas una y otra vez. Era la primera vez desde el accidente que se sentía cómoda estando de cabeza.

"Bien, eso es todo por hoy", dijo la entrenadora.

Sofía se bajó del riel con agilidad. "Se siente extraño hacer solo parte de la rutina", dijo.

La entrenadora sonrió. "Lo sé. Pero hay que seguir las órdenes de la doctora".

Al día siguiente, Sofía y la entrenadora volvieron a trabajar juntas. Practicaron otra parte de la rutina. Igual lo hicieron el día después.

"Hoy quiero probar algo nuevo", dijo la entrenadora el viernes, mientras miraba a Sofía en el riel. "Anoche llamé a la doctora Wigton para comentarle de tus progresos, y me recomendó que diera un portazo durante tu voltereta".

Sofía sintió como si un pequeño cuchillo le atravesara el estómago. Se obligó a respirar hondo. "Está bien", dijo asintiendo.

"¿Estás segura?", preguntó la entrenadora. "No tenemos que hacerlo si no te sientes cómoda".

"Está bien, quiero hacerlo", dijo Sofía. Estaba empezando a sentirse como antes. No quería renunciar a esa sensación. "Quiero hacerlo todo ahora. No quiero dejar nada al azar".

Coach Jackson asintió y tomó un paso atrás. Sofía tomó posición en un extremo del riel, y la entrenadora inició la música.

Sofía escuchó las trompetas que indicaban el inicio de la rutina. Tres remontes hacia atrás— uno, otro y otro más. Y luego uno sin manos.

Su cuerpo se alineó solo. Sofía calmó su mente y dejó que su cuerpo tomara el mando, tal y como le había enseñado la entrenadora.

Luego hizo el próximo layout step-out y de repente—¡*bum!* —justo cuando Sofía estaba en el aire. Fue un sonido amortiguado y sordo, a diferencia del ruido agudo y estremecedor que recordaba. ¿Quizá así sonó antes, pero se lo había imaginado más aterrador?

Los pies de Sofía golpearon el riel —no fue perfecto, pero sí sólido— y exhaló con fuerza. Lo había logrado. Toda la rutina. No se había caído ni una vez.

Sofía se giró y sonrió. No había sido fácil, y su trabajo no había terminado aún, pero lo había logrado. Había enfrentado su trauma, y había encontrado su camino de vuelta al riel.

Biografía de la autora

Emma Carlson Berne ha escrito numerosos libros históricos y biográficos para niños y jóvenes, así como ficción para adultos jóvenes. Vive en Cincinnati, Ohio, con su esposo y sus dos hijos.

Biografía de la ilustradora

Katie Wood se enamoró del dibujo cuando era muy pequeña. Desde que se graduó de la Escuela de Arte y Diseño de la Universidad de Loughborough en 2004, vive su sueño de trabajar como ilustradora independiente. Desde su estudio en Leicester, Inglaterra, crea ilustraciones alegres y llenas de vida para libros y revistas de todo el mundo.

Glosario

aflicción—un gran sufrimiento físico o mental.

bilis—un líquido espeso, amargo, amarillento o verdoso que se produce en el hígado y que ayuda en la digestión de grasas en el intestino delgado

conmoción cerebral—una lesión del cerebro causada por un golpe fuerte en la cabeza

ejecutar—llevar a cabo o realizar

hiyab—un pañuelo tradicional usado por las mujeres musulmanas para cubrir el cabello, el cuello y en ocasiones la cara

impulso—es la característica de un cuerpo en movimiento, causado por la masa y su movimiento

otoscopio—un instrumento con luz que se usa para examinar el oído

trauma—una lesión grave en el cuerpo causada por un accidente o acto violento, o un estado psicológico o de conducta anormal como resultado de una lesión o tensión emocional.

vasto—de gran tamaño o espacio

Preguntas de discusión

1. Sofía duda en hablar sobre sus miedos con su mejor amiga, con su entrenadora y con su tía. ¿Cómo piensas que hubiera cambiado la historia si hubiera hablado abiertamente sobre sus miedos desde el principio?

2. La caída fue aterradora y traumatizante para Sofía. Habla sobre algún momento en que te haya ocurrido algo molesto o aterrador. ¿Qué hiciste para superar el incidente?

3. Los entrenadores y profesores ofrecen sistemas de apoyo a los alumnos y a los atletas. A veces los presionan mucho o no los presionan lo suficiente. Habla sobre un momento en que tu entrenador o profesor te apoyó. Luego, habla sobre un momento en que no te hayas sentido apoyado por tu profesor o entrenador.

Temas de escritura

1. Rana es la mejor amiga de Sofía, pero ella tiene su propia historia. Escoge una escena en esta historia y escríbela desde la perspectiva de Rana. ¿Cómo cambia la escena cuando la cuenta Rana?

2. Sofía adora la gimnasia y se presiona bastante. Haz una lista de cinco actividades que te guste hacer. ¿Te presionas para hacerlas lo mejor posible, como hace Sofía? ¿Por qué sí o por qué no?

3. Este libro comienza después que los padres de Sofía se van a un viaje de trabajo. Dale al libro un inicio diferente: muestra cómo Sofía se despide de sus padres. ¿Qué pensamientos y emociones puedes expresar en ese diálogo?

Glosario de gimnasia

Barras asimétricas
un par de barras paralelas a diferentes alturas; parte del equipo gimnástico femenino

Botador
aparato de gimnasia semejante a una mesa que usan los gimnastas como trampolín para realizar volteretas y otras maniobras

Cabriolas
saltos altos como rebotes

Layout step-out
un salto en gimnasia, donde el atleta brinca con ambos pies e impulsa el cuerpo hacia arriba, gira en el aire con las piernas unidas, y cae con un pie primero y luego el otro

MÚSCULOS PÉLVICOS
músculos que se extienden debajo de la pelvis como una hamaca y que sostienen los órganos pélvicos

REMONTE ATRÁS
un movimiento gimnástico en el cual la persona se inclina hacia adelante para hacer una parada de manos, y luego se arquea hacia atrás para un movimiento similar llevando los pies de vuelta al piso

RIEL DE EQUILIBRIO
aparato de gimnasia que consiste en una viga horizontal estrecha levantada del suelo

TRONCO
los músculos que se encuentran en la parte profunda de la pelvis, el abdomen y la parte inferior de la espalda

¡MÁS DE JAKE MADDOX!

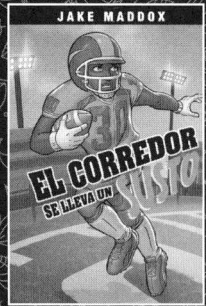

¡LÉELOS TODOS!